A Stella.
Loretta

A Rita Margherita.
Alberto

Testi: Alberto Benevelli
Illustrazioni: Loretta Serofilli
Progetto Grafico: Delicatessen

via Silvano Caleri, 14, 42100 Reggio Emilia, Italia
info@centroesserci.it
www.centroesserci.it

ISBN 978-88-96985-35-9

Alberto Benevelli Loretta Serofilli

io sono una stella

da un'idea di Vilma Costetti

esserci
edizioni

Io, un tempo, ondeggiavo.
Non sapevo dove, non sapevo quando,
non sapevo perchè.
Io ondeggiavo.
Ondeggiavo solamente.
In me tutto era confuso, vago, indistinto.

Tutto tranne un'antica traccia di luce.
Un'abbagliante, improvvisa esplosione.
Un grande... BANG!
Per il resto ondeggiavo.
Ondeggiavo semplicemente.
Ed ero.
Semplicemente ero.

Poi, improvvisamente,
ho sentito un sussurro lontano,
un desiderio impetuoso che avanzava,
cresceva, aumentava.
Voleva me.
Proprio me.
Mi ha travolta, sommersa, trascinata, rapita.
E io vibravo.
Vibravo e scendevo.
Veloce, velocissima.
Giù, giù, giù.
E diventavo piccola.
Sempre più piccola.
Minuscola.
Un puntino.

Un puntino accolto da luci e colori, da suoni e odori.
Un puntino circondato da nuove sensazioni.
Ho cominciato a sentire ciò che non avevo mai sentito:
fame, sete, sonno, caldo, freddo.
Mi tocco, mi sento. Mi guardo, mi vedo.
Sono diventata...

Eccomi qui!
Ogni giorno divento più grande.
Ogni giorno la mia mente si espande. Il mio corpo cresce.
Si allunga come un albero che tende i rami al cielo
e le radici al suolo.
E come un albero non capisco quale sia la mia vera casa.
È il cielo?
È la terra?

Mi piace esplorare, capire, conoscere.
Le novità mi incantano.
Sulla terra gioco, scopro, mi diverto, ma non dimentico mai il cielo.

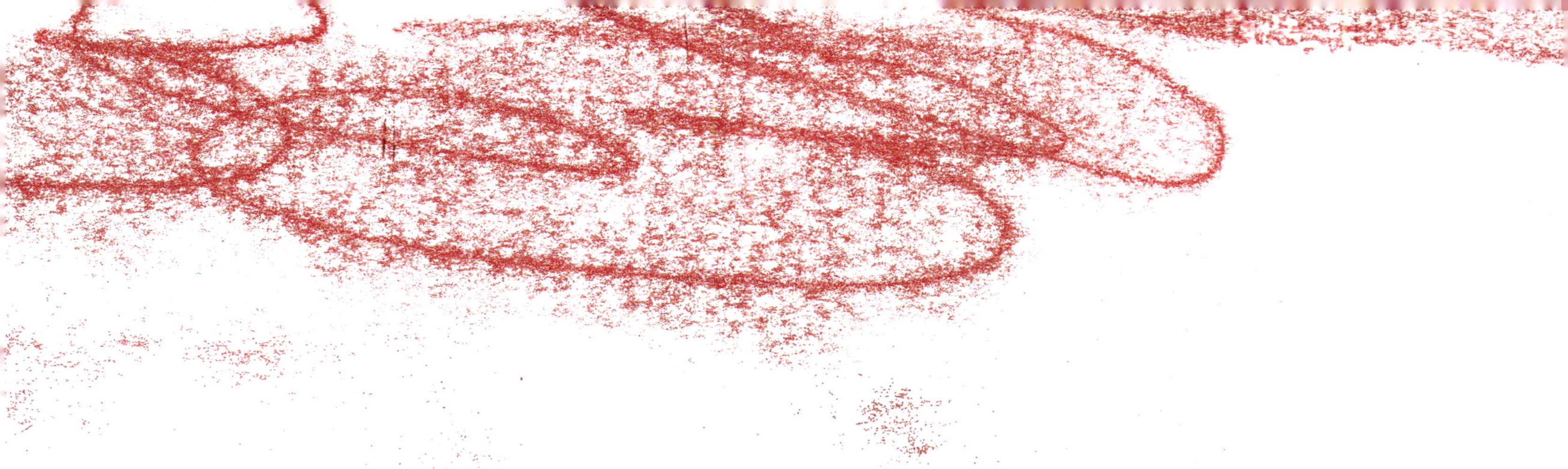

Anche adesso mentre corro sul trenino, lo guardo.
Guardo le nuvole.
Corrono, si divertono.
Vorrei salire lassù, essere la loro amica.

La corsa è finita.
Il trenino riparte senza di me.
Sono triste.
Però... sento una mano calda sulla spalla.
Mi giro e trovo un regalo.
Una bambina mi prende la mano e, dopo un istante,
corriamo insieme.
I nostri palloncini accarezzano le nuvole.

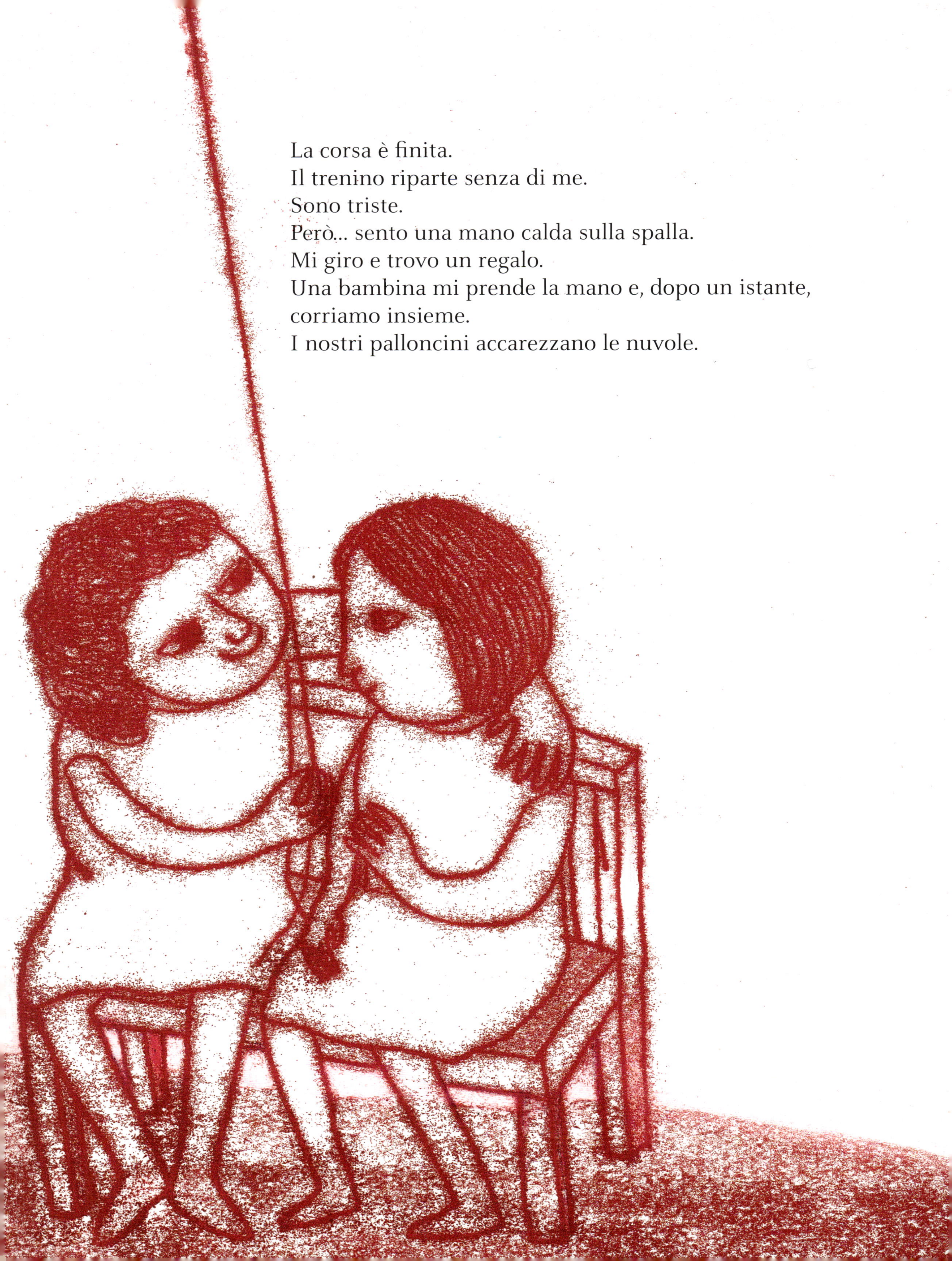

Questa sera ho disegnato tanti palloncini colorati.
Io e la bambina voliamo con loro.
Ho scritto anche una parola.
Una parola molto importante.
Ho piegato il foglio e l’ho messo con cura nello zainetto.
Spengo la luce.
Buonanotte.
Ah, dimenticavo, la parola molto importante è...
amicizia.

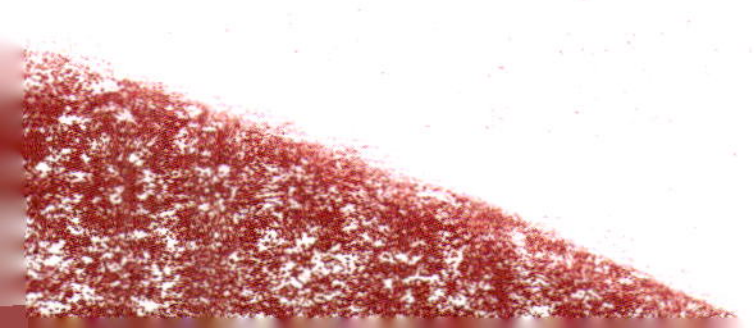

Caspita, come sono cresciuta!
Oggi mi attende un lungo viaggio.
Sarà duro, faticoso, difficile, ma mi affascina, mi attrae.
Sono entusiasta.
Voglio salire sulla montagna.
Arrivare alle nuvole. Vivere con loro.
Sorrido.
Sorrido e vado.

Sono arrivata, ma le nuvole mi sfuggono.
Ho cercato di fermarle, di afferrarle.
Non ci sono riuscita.
Non si può salire sulle nuvole.
No, non si può.
Era solo un sogno il mio.
Un'illusione.

Ho abbandonato la montagna.
Lentamente.
Con delicatezza ho nascosto il mio sogno nello zaino.
L'ho salutato con un sospiro.

Adesso sono proprio grande.
Ma non ho perso l'abitudine di guardare in alto.
Così, mentre ho la testa tra le nuvole, oggi...
vado a sbattere!

Sono quasi caduta.
Non per l'urto, per l'emozione!

Ha il volto vispo, dolce, simpatico.
E sorride.
Sorride a me.
Bum!
Mi sono innamorata.

Ora non guardo più in alto.
Guardo davanti a me per vederlo arrivare.
Ogni giorno viaggio con lui.
Facciamo il giro del mondo.
Il nostro mondo.
Insieme.
Io e lui insieme.

No, non guardo più in alto.
Il cielo è sceso sulla terra.

Sì, il cielo è sceso sulla terra, ma per poco.
Un giorno, il volto che sorride non è arrivato.
Ho portato il mio sguardo su tutte le strade,
ma non l'ho visto.
Non c'era più.
Il cielo era ritornato al proprio posto.

Ho sentito qualcosa scendere dagli occhi,
arrivare al cuore e ritornare agli occhi.
L'ho sentito uscire nelle lacrime.
Ho sentito il dolore.
Forte, grande.
Profondo come il mare.
E tra le sue onde mi sono perduta.

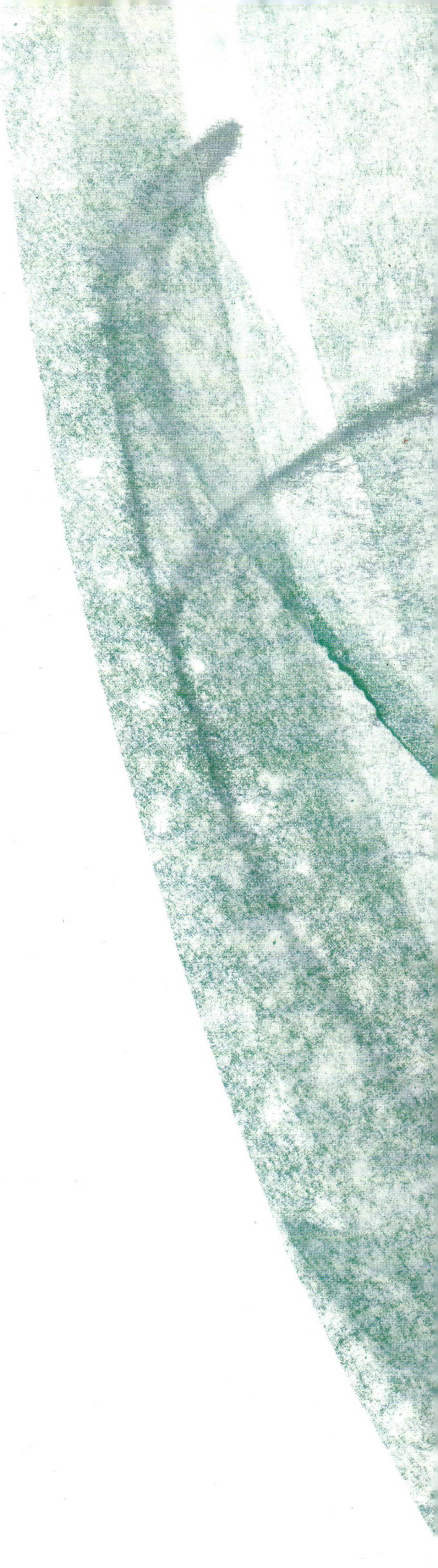

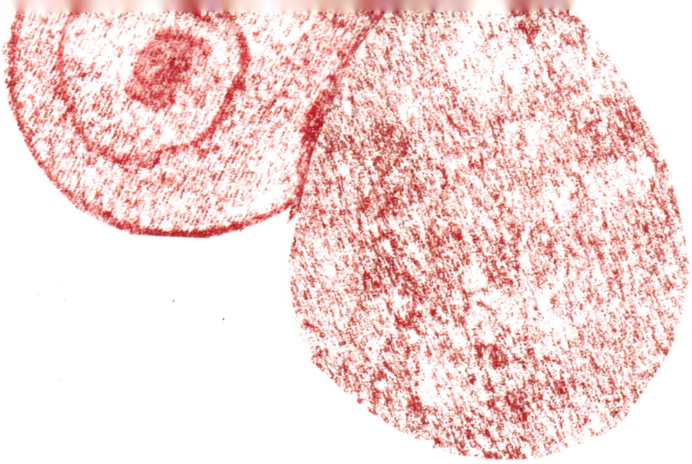

Stavo per affondare, per annegare,
quando ancora una volta ho guardato su.
E il cielo mi ha salvata.
Ha mandato i suoi angeli più cari: le farfalle.
Mi hanno sollevata e portata via.

Mentre volavo ho salutato l'amore, ho accarezzato il dolore
e li ho chiusi stretti stretti nello zaino.

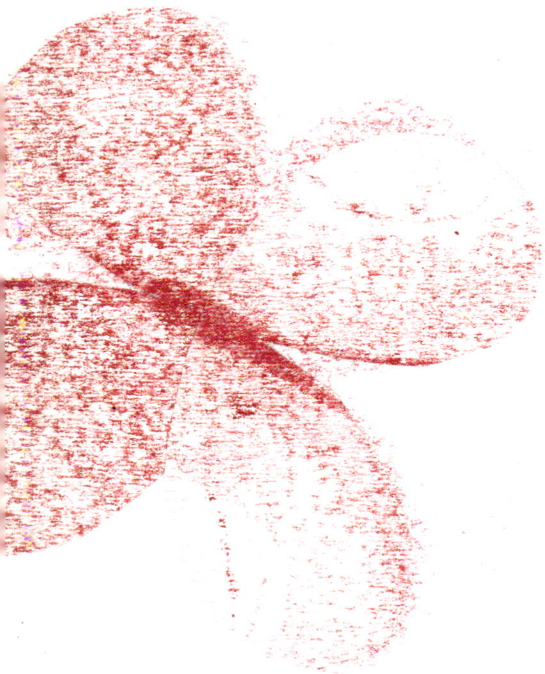

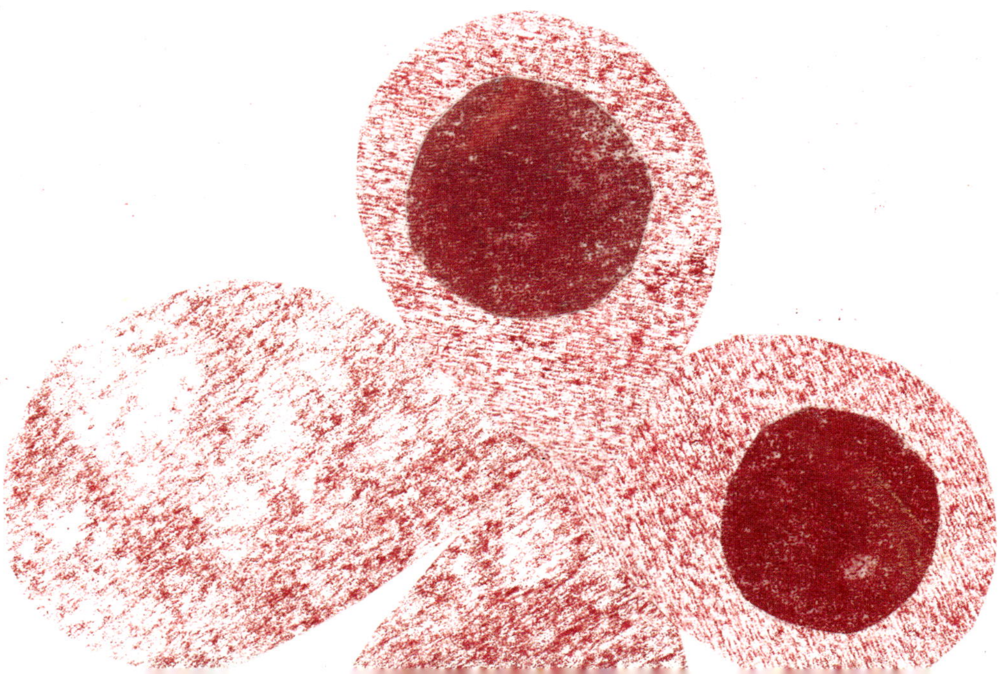

Sono ancora io, ma molto più grande.
Le farfalle mi hanno portato in una terra lontana.
Attorno a me ho piantato i semi della solitudine.
E' cresciuta una siepe alta, spessa, aggrovigliata.
E' impenetrabile.
E' la mia fortezza.
Mi protegge.
Nessuno può entrare.

“Nessuno può entrare”.
Così pensavo.
Ma il vento arriva dove vuole.
Entra nelle trame più fitte.
Quando ho sentito il suo soffio ho lottato per tenerlo fuori.
Ma non si può fermare il vento.
E’ entrato con tutta la sua forza.
E’ entrato con tutti i suoni, con tutte le voci
che raccoglie viaggiando.
E i suoni e le voci sono rimasti dentro di me.

Il vento ha continuato la sua corsa.
Io ho messo la solitudine nello zaino e sono partita.
L'ho seguito.

Nella mia vita era capitato qualcosa di grande.
Avevo la musica nelle mani.
Avevo le voci nella lingua.
La poesia attraversava il mio corpo
e io percorrevo i sentieri della terra.
La forza viaggiava con me.

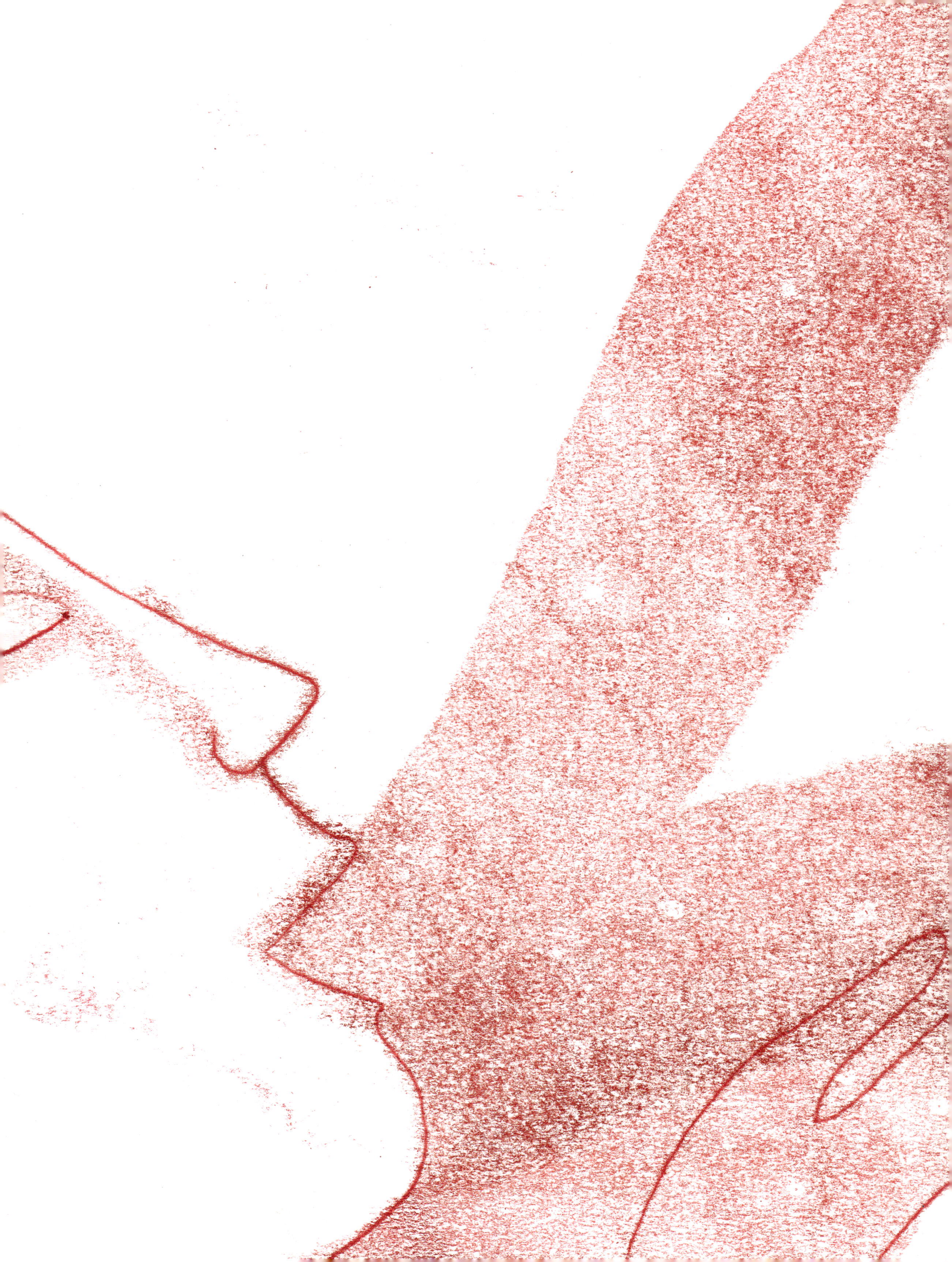

Ho suonato tutte le note e cantato tutte le parole
che il vento mi aveva portato.
Ho suonato e cantato le storie del mondo per gli abitanti del mondo.
Qualcuno mi ha ascoltata, qualcuno mi ha derisa.
Ma io ho continuato.
Ho continuato sempre.
Con mani, con voce.
Sempre.
E il mio suono e il mio canto sono entrati nel vento.

Ed ora sono pronta.
È tempo di andare.
È tempo di partire.
Anche la poesia è nello zaino.
Lo sollevo...
Com'è leggero!
Lo apro e non trovo più le cose che avevo raccolto.
Svanite, dissolte!
Hanno lasciato un'unica traccia.
Un segno sul fondo.
Una luce.
Un piccolo puntino che adesso cresce,
si dilata, si espande, mi avvolge,
si perde nei miei occhi ed esplode.

E io ora vedo chiaramente.
Vedo dentro di me e tutto attorno a me.

Un tempo mi chiedevo qual è la mia vera casa?
È il cielo?
È la terra?

È dentro di me, tutta attorno a me.

I viaggiatori inseguono l'ignoto per scoprire se stessi,
per rispondere a quell'antica, misteriosa, ripetuta domanda:
"Chi sono?".
Anch'io oggi sto partendo.
Ma non verso l'ignoto.

Io conosco.
Non porto domande.
Io so.
In me splende una nuova luce.
È tutto chiaro.
Chi ero, chi sono e chi sarò.
Passato, presente, futuro.
E' tutto chiaro.
Perchè io...

...io sono una stella...

...tra miliardi e miliardi di altre stelle.

Finito di stampare
nel mese di Ottobre 2012
per conto di
Edizioni Esserci
da Tipografia SanMartino
Reggio Emilia

Printed in Italy

Collana

il filo magico

Il filo magico è un filo sottilissimo, semplice, invisibile,
ma forte solido e resistente.
È un filo che lega, unisce senza farci sentire
meno degli altri, più degli altri, ma come gli altri.